A Lee y Diane

Originally published in English as *There Is a Bird on Your Head!* by Hyperion Books for Children.

Translated by F. Isabel Campoy

ISBN 978-1-338-25967-4

10 9 8 7 6 5 4 3 2   18 19 20 21 22

Printed in the U.S.A.   40
First Scholastic Spanish printing 2018

**adaptado al español por
F. Isabel Campoy**

¡Tienes un pájaro en la cabeza!

Un libro de ELEFANTE y CERDITA

Por **Mo Willems**

Scholastic Inc.

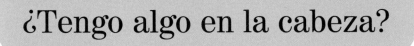

¿Tengo algo en la cabeza?

¿Tengo un pájaro en la cabeza?

9

aaayyy!!!

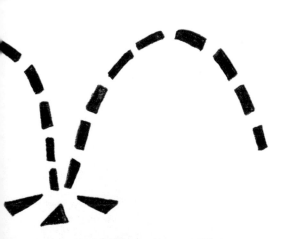

¿Todavía tengo un pájaro en la cabeza?

No.

Ahora tienes dos pájaros en la cabeza.

¿Los pájaros en mi cabeza están enamorados?

¡Son pájaros enamorados!

¿Cómo sabes que están enamorados?

¡Porque están haciendo un nido!

¿Dos pájaros están haciendo un nido en mi cabeza?

23

No me atrevo a preguntar...

Uno.

Tienes tres huevos
en la cabeza.

¿Ya no están los huevos?

¡Se están abriendo!

¡Ahora tengo tres pajaritos en la cabeza!

¡Yo no quiero tres pajaritos, dos pájaros y un nido en la cabeza!

¿Dónde los quieres?

¿Por qué no les pides que se vayan a otro sitio?

Bueno.
Voy a pedírselo.

53